흰 양식장의 고양이들

박영훈

반달뜨는꽃섬

흰 양식장의 고양이들

우리의 시간과 공간은 저마다의 믿음과 같을까,
모든 다른 삶 안에도 추위 견딜
햇볕 한 조각 찾아들기를

|목차|

V. 일상의 반환점

I. 바다와 섬

흰 양식장의 고양이들

대학을 졸업하고,

돌아 돌아 돌아온 섬 고향.

M씨의 돔 양식장에는

두 마리 고양이가

축구장만 한 물밭을 지키고 있다.

몇 겹을 더해 칠한

흰 페인트보다

빛은 색깔을 바꾼 채 쌓여 가고,

M씨는 양식장을

낚시터로 내어주었다.

낚시꾼이 오면,

고양이들은

슬쩍 뒷걸음질치다

다가와 자리를 잡는다.

먹잇감에 눈멀지 않는 여유,

낚시꾼이 잡아올린 고깃속 숨은 바늘조차

척척 골라내는 솜씨.

쥐를 잡지 않아도 좋은 삶 —
고양이들의 눈동자에
졸음이 가득 내려앉는다.
하루 두 차례 들르는 M씨는
멀리서 고개를 끄덕이며
씩 웃을 뿐.
낚시꾼들은
낚시보다 고양이들과 농담하느라
한나절을 훌쩍 넘긴다.
고기를 물고
양식장 한가운데
낡은 막사로 향하는 녀석들.
"냉장고에 고기를 넣으러 간다"는
낚시꾼들의 실없는 농에
고양이들은 눈길조차 주지 않는다.
울음소리도,
바람처럼 여리고 가볍다.

하루가 저물고

떠나는 낚시꾼들,

또 다른 하루를 안고 들어오는 이들.

고양이들은

들고나는 바다처럼 일상이다.

뭍에서 성공하겠다고

떠났던 M씨는 지금,

빚이 뼈대 같은 양식장에서

고양이 두 마리를

무슨 까닭으로 기르고 있다.

남해에서

섬이 마음을 닮은 것이라니 —
이전에는 한 번도 생각해 본 적 없었다.
수백 년을 살았다는
팽나무 밑둥처럼,
두터운 설렘.
사잇길마다 자라는 두근거림.
끊어지지 않는 해안을 따라,
휘황한 바다를 만났다.
들키기 싫었지만,
"사람이 더 푸르다."
조용히 말해 버렸다.
환히 비추는 물속에는
마음을 가둔 석방렴이 잠겨 있었고,
물 위로는
그리움이 자수를 놓듯 뛰어올랐다.
차르르, 차르르 —
물결과 만난 애틋함은

그대로 깎여 바다가 되고 있었다.
마음이 녹으면
푸르디푸른 빛을 띤다는 것을,
나는 낮게 속삭였다.
남해 바다에서.

시하도

계절을

맨살로 지나던

바다가 바람을 만났다.

노 젓는 손에

웅웅거리는 두려움,

생의 물결은

등을 밀었다.

떠밀려도

사는 법은

발끝에

섬처럼 걸려 있었다.

막막한 밤마다

뭍의 가족들은

그리움을 태워

불을 밝혔고,

젖은 연기 사이로

타닥타닥,

빛은 바다에
길을 냈다.
어둠 속을
헤맬 때마다,
풍랑을 만나도
돌아오도록
불을 켜던 섬 —
사람들은
그곳을
시하도라 불렀다.

섬

누구와 이별을 하는지,
앉지도 못한 채 —
더는
보내지 않겠다고,
목까지 젖어도
물 아래로
손을,
꼭 잡고

문어

한국전쟁 나던 해
남편 따라 섬에 들어왔지.
그 사람 떠나고
나는 아직
파도 소리에 기대 살어,
어쩌다
바다를 오래 바라보면
내가 꼭
발 잘린 문어 같어

민어 골짜기 설화

불무똑인지, 불묏등인지 —
기이한 이름을 가진 섬마을 벼랑.
돌담집 모퉁이에 살던
아편쟁이 아짐은
해진 신발 한 켤레로 남았다.
평생을 바람처럼 떠돌다,
불 위를 지나
물 아래로 사라졌다는
소문이 약기운처럼
마을 구석구석 번져갔다.
찬바람이 그친 밤,
약에 취한 이들은
몇몇 익숙한 남정네들의 이름과
"아무짝에도 쓸모없던 것"이라던 말을
엇갈려 내뱉었다.
열두 해가 넘도록,
제 나이도 제 이름도 모르는 아들은

돌담집 마당을
파고 또 파고들며
세 살짜리 놀이를 했다.
애비 얼굴도 모른 채,
애미마저 잡아먹은 놈이라던
비아냥이
흙장난 손끝마다
가루처럼 흩날렸다.
바람 한 점 없는 날들은
기억되지 않았다.
그해 여름,
불무똑인지, 불묏등인지 —
기이한 이름의 벼랑 아래
바다 골짜기에서는
민어가 내내 잡혔다.
꺽꺽, 우는 소리가 유난했던
민어들의 배를 가르면

길고 무거운 알주머니는
텅 비어 있었다.

저 아래 집

대학 시절,

몇 달에 한 번 오가던

저 아래의 집.

입석표를 쥔 젊은 머리는

몇 시간씩, 덜컹거리며 달렸다.

육지와 바다의 경계에 선 집.

어둑어둑,

마지막 선원의 막잔에 녹아

돌아서면 지워지는 웃음을 비워낸 뒤에야

빌린 하루를 넘겼다.

돌아가는 날,

젊은 나는 왜

그 낯선 도시로 돌아간다고 했을까.

어머니가 들어보이던,

끈적한 양념이 스민

잔손금 가득한 손바닥을 보면

금세, 밑반찬이 무엇인지 알았다.

오르는 열차,
선반에 걸터앉은
저 아래 집의 향내가
완행열차의 속도만큼
천천히, 가슴에 스며들었다.
철로 옆에 꽃이 피고 질 때마다
저 아래 집 어머니가
뿌린 씨앗 때문이라는 걸
오랜 뒤에야 알았다.
흐린 물이 맑으려면
얼마나 많은 맑은 물이 더해져야 하는지.
그저 아프기만 하던 젊은 날,
누군가를 위해 끝없이 약을 짓던
그 마음을.

라디오

어릴 적,

내가 숨 쉬던 섬마을 구멍가게.

두 칸 방 사이,

먼지 쌓인 창고는

작은 놀이터였다.

단속을 피한 밀주통 옆,

법 없어도 살 것 같은

최신 라디오 하나가

언제나 그 자리에 있었다.

엄마 다음으로

내 비밀과 유행가를 많이 품은 그 라디오는,

얼마나 갔는지를 숫자로 알려 주며

테이프를 자랑스럽게 돌렸다.

갯일 나간 어머니는

언제쯤 돌아올까,

코흘리던 동생들을 두고

어린 나는

본드 한 방울로 기적을 꿈꿨다.

0부터 9까지 —

라디오 숫자들이

끈끈함마저 이겨 내고

다시 돌아가기를 바랐다.

하지만

숨결은 끊겼고,

하루를 마치고 돌아온

엄마, 아빠는 그저 미소로만 남아 있다.

나이 든 우리 집에

엄마, 아빠는 여전히 어린 아들만 기억하고 있다.

우연히 들른 이국의 찻집 창밖,

한때 멈췄던 라디오가

노래를 흥얼거리며 조용히 지나간다.

모교(母校)

서른한 개의 섬을 지나

나의 살던 섬 고향.

해 갈수록 하얗게 세는 뱃머리 너머

4학년 교과서를 두고 떠나온

모교에는 지금,

손 모아 달았던 만국기 닳았다.

모든 나라 다 가 보겠다던 동창의 꿈도 함께 바랬다.

목청껏 부르던 이름들,

흙먼지 바통을 넘기며

옛날만 운동장을 돌고 있다.

비 오는 날

나 살던 섬 고향집,

처마 아래

또옥,

똑.

바다를 건너온

소식들이 찾아들면 ―

낮게,

낮게

패여 가던

흙 가슴.

그대 긋고,

나도

울림으로 남아

또옥,

똑.

슬쩍,

마른 가슴에

조용히 움트던

그 소리.

지력산 설화

부처의 지혜로 솟았다는

보배 섬, 지력산.

오래전, 산 어귀엔

겨울에도 붉은 꽃을 틔우는

동백사(冬柏寺)가 있었다.

득도를 앞둔 스님은

어느 날 찾아온

절세의 여인 앞에서

불심을 놓쳤다.

노한 하늘에 모든 것은

바다로 흩어졌다.

가사는 가사도,

장삼은 장산도,

손가락은 주지도,

발가락은 양덕도,

목탁은 불도.

여인의 은장도는

장도가 되었다.
남은 절터엔 지금도 겨울이면
피처럼 붉은
동백이 핀다.
사람도,
섬이 된다.
이야기 속에서 다시 살아난다.

복어독 풍경

바람이 불면,
어릴 적 섬 고향 마을 모오리돌 해변에는
버글버글, 행적을 알 수 없는
고깃배들이 몰려들었다.
바람 잘나는
바닷가 끝 색싯집의 분칠한 누나.
내 이름 대신 배의 이름을 외우느라
낮을 떠나보내곤 했다.
술 취한 뱃사람의 다리를
잘 문다 해서 주독이라 불리던
불독이 지키던 가게.
외상은 쉽게 물리지 않았다.
우리 동네를 넘어
뱃동네 주민들이 마을 밤을 들었다 놓은
다음날 낮엔, 어김없이
두셋이 어깨동무를 한 채
몽돌 위를 걸었다.

잠들면 죽는다.

잠들면 죽는다.

잠들면 죽는다.

바다에다,

갯돌 귀에다,

같은 말을

하고 또 했다.

술독에 찌든 놈이

어창에 남은 복어를 끓여 먹었다고,

어른 몇몇은 수군거렸고,

몇몇은 “잠들면 죽는다”며

고개를 끄덕였다.

쌍욕을 퍼붓던 지난밤 같아서는,

웬수도 저런 웬수가 있을까 싶던 배 이웃들이

서너 시간 함께 휘청이며,

그렇게 죽음을 넘겼다.

바람이 잦아들고,

그들은 바다에 있는 집으로 돌아갔다.

살아 있는 복어 떼들과

벗을 삼기도 했을지 모르지만 —

달빛 번들거리는 바닷가에서

어린 생각은

그 너머로 더 나아가지 못했다.

Ⅱ. 계절의 순환

春

슬픔은 토씨 같았다.

가업의 배에서는 의미 없는 문장들만 전해졌다.

바람 불고, 양철지붕이 들썩거렸다.

대학물 먹은 남편과,

대낮 그림자 같은 아내,

숨겨둔 시름처럼.

쪼개진 댓돌을 밤새 날라도

벌어진 지붕 틈새로 불행은 피어올랐다.

우러나도록 두겠다던 고구마술을 마셔 버린 남자는,

꽃피는 봄에도

"고향을 잃는 사람들은 있지."

하고 중얼거렸다.

夏

어디서든 문을 열면

우울이 가장 가까웠던 계절.

섬집을 판 30만 원으로,

일수 써서 얻은 주소 —

행복동 1가 6번지.

탁자 하나 짜 놓은 술청.

속살을 드러낸 처절도

위로가 됐을까.

해안 도시 끝,

허름한 3층짜리 콘크리트 건물 한편,

주소 없는 사람들이 떼 지어

헤엄치던 선술집.

진땀이 번진 일수 도장 곁을 지나,

나무 계단을 오르면,

허리도 펼 수 없는 어항 같은 다락방.

9식구 중 몇을 친척집으로 떠나보낸 가장은,

주문받은 그물을 손질하며
찢긴 세월을 꿰맸지만,
허사가 잦았다.
흠뻑 젖던 날,
덥다는 말 대신,
"배운 것까지 부끄럽다"고 했다.

秋

지는 잎에만 물드는 단풍.
바둑알을 과자로 알고 삼켰던
이웃집 여섯 살 여자아이는,
커 가면서
"개새끼"를 입에 올렸다.
아픔에도 색이 있어
얼굴빛에도 단풍이 들곤 했다.
세입자의 이웃도 세입자인 건물 옆,

섬으로 가는 뱃길이 묶일 때면
과자 화물이 쌓였다.
잘린 연들에게
불쑥 찾아오는 착륙.
동네 아이들,
이빨 틈새 음식물처럼 틈새를 채우고,
야금야금 가난을 갉아먹었다.
궂은 날을 기다리기도 했지만,
진짜로 개새끼가 되거나
상자를 통째로 먹은 아이는 없었다.

冬

한 걸음 내디디면 바다.
경계에 사는 삶은
선 하나로 편이 갈리기도 한다는 걸 알았다.
말을 섞으면 싸우면서도,

어울려 '신기한 뱃놈들'로 불리던 사람들.

술에 취해 오줌을 누던 영길이,

물 빠진 겨울 갯벌 아래로

무릎까지 빠지던 날,

명훈은

선술집 앞 6미터 높이를

머뭇거림 없이 뛰어 내렸다.

이름을 부르며.

경계에 살아도,

경계를 나누지 않는 삶이 있었다.

건물은 헐리고,

모두 떠났지만 —

아이들은

대를 이어

행복동의 계절을 살아간다.

슬픔도,

아픔도

정면으로 받으면
그늘이 없다고 알려준,
행복동의 사계 속을.

홍시

산골마을 지나던 날,
나무 끝에 걸린 단감을 보았다.
하나의 작별을 닮았네,
생각했다.
무심히 흐르는 시간은,
때로 마음을 익힌다.
작은 메모지를 붙인 상자 안,
무더운 여름 큰 바람을 피해
소식처럼 담긴 연붉은 빛깔들.
지난날을 간직한 신문지로
곱게 감싼 마음들.
아직 덜 익었지만,
고운 빛 때문에
서둘러 보냈다는
가을의 전언.
제때에 건네야 하는
빛깔이 있구나.

한겨울,

홍시가 단 까닭을 알았다.

봄을 건너다

연한 살갗 속으로
걸어 들어가는
내 까치발.
봄의 겨드랑이를
슬쩍 건드렸나 보다.
피익 틱!
피익 틱!
좀처럼 끝나지 않는,
벚나무의 딸국질.

봄

햇살은
당신의 손길입니다.
살아 있는 것들은 일제히 깨어나
스친 자리마다
이름을 외치며
피어납니다.
한참을 더 걷는
기적의 순간들.
눈 속을 뚫고 핀
영원한 사랑과,
매서운 바람을 이긴
품격과
마음을 내주며
이야기를 나눴습니다.
희망을 알리고,
절세미인과
눈인사도 건넸습니다.

가장 고운 건
당신입니다.
투명하고, 포근한.

여름날

비가 쏟아지던
어느 여름날.
복개되지 않은 천이
낮은 소리를 키우며
불어났다.
얕고 투명하던 흐름은
한순간,
깊이를 품었다.
바닥이 숨었다.
사람도,
마음도,
그럴까.
빗소리가 지붕을 울리고,
천은 저만치
흘러간다.
문밖에 품은 마음들이
깊이를 간직한 채,
어디론가 흐르고 있다.

밤에도 단풍은 든다

가다 서면,
세상에 깃든 생명들의 이름이
불릴 듯한 화엄사 입구.

물감을 품은 가을 바람이
어정대는 사잇길.

심호흡처럼 내려앉는 이내,
그보다 꼭 반걸음 앞서는 마음.
어둠 속에도 색은 깃든다.

생은 지긋한 묵언에 이끌리고,
잎들은 그림자로 출렁였다.

바람에 반쯤 물든 달은
냇물 속으로,
단풍나무 뒤로
숨어들며 뒤따랐다.

돌아보며 걷는 일생의 길.

추월금지,
가을달은 그치지 않고
따라왔다.

밤에도 유색으로 물드는 단풍잎은
참 신기했다.

설녹농원 겨울 아침

지난 계절
제 살 내준 녹차나무
키 낮춤이 다부지다.
비만도 지수 이쯤,
겨울 바람에
흔들리지 않는다.
눈코 사이 길 건너,
얼어붙은 벼논 위엔
까치 서넛 서걱이며
술렁인다.
흘린 낟알 찾아
품을 판다.
녹차나무 먼 발치에서
금세 얼어
깨져 버리는
그 입김.

겨울 외곽

발소리,
언 달빛 깨던 밤.
소사나무가지 만든
허공 줄금 아래,
따로따로 밑둥들 —
아,
얽힘의 끝에서
드러내는
제 모습.
어둠에 스며든
막사로 난 외길.
걸어갈수록
같은 너비로 풀리는
길의 원근 —
아,
내딛어야
넓어지는
세상의 모든 길.

겨울 정원에서

바람이

물처럼 흘러들었다.

이별은

곡선이었다.

나사 비행으로

어미 곁을 떠난 은행잎들은

노란 물을 털어내며

수심 깊은 바닥으로 스며들었다.

단풍나무에 선 어부는

날 선 어구로

가을을 잘라냈다.

"지워야 사는 것도 있지"

좀처럼 달아오르지 않는 어부의

혼잣말이 끝나고도

겨울비는 한참을 떨어졌다.

후두둑.

선불 맞은 바람이

희붉은 낯빛으로

오후 곁을 스쳐 갔다.

샘골의 가을

듬직한 나무 한 그루씩 심어둔 집들이
머리를 밀며 품으로 들어가는
샘골 마을.
붉고 아슬한 작별 하나,
가장 높은 곳에 걸터앉은
감나무 곁을 지나면
볏짚은
뿌린 만큼만 남아 있다.
길마다 흔적을 남기고픈 햇살이
부스럭거리는 사이,
참새들은 들과 숲을 수색해
반나절을 가져간다.
가르마를 타듯
두렁을 태우는
노부부의 머리 위로
지나간 세월이
하얗게 머물다 떠난다.

마을 가운데
샘이 있다는
남녘의 샘골.
계절마다
오랜 풍경을 긷는
두레박 소리만
유난히 요란하다.

오후 3시의 여름날

공기보다
더 낮게 내려앉은
몸 하나.
햇볕은
보라색 바람을
어딘가
구겨 넣었다.
검은 말은
떠다니다
녹는다.
말라붙어 —
마침내,
타고 남은
생각의 재 위에
물음의 십자가 무늬가
조용히
새겨지고 있다.

한때의 저녁

나는
저기 구름의 색과
그 모양에 대해
더는 할 말이 없다.
푸른 잔디를 박차고 올라
구름과 구름 사이에 박히는
까치 떼의
자유로운 갇힘에도.
가슴을 툭 치고 가는
노부부의 지팡이 —
그 손의 연륜과
나란한 높이,
청춘이 끌고 가는
원색 자전거 바퀴 자국에 대해서도
말을 아낀다.
다만
말을 걸고 싶을 뿐이다.

비틀린 공원 소나무의 몸통,
늦게나마 키를 세운 콩줄기,
점멸하는 신호등 —
붉고, 푸르고, 노란
그 각자의 지향이
무엇인지.
나는 누구인가.
흙이고,공기이며,물이자
빛과 어둠을 왕복하는 이름 모를 속도다.
아니다.
나는 — 모른다.
저기,
또 다른 나와
나들이 나온 저녁이
슬며시
저물고 있다.

정동진의 시간

해를 담고 싶은

정동진의 안이천,

얼지 않는

동해를 마주하고

배를 붙인 채

묵묵히 굳어 있다.

모래시계 하나가

과거의 숨을 털어내며

현재 위로 쌓인다.

미래는 그저 떠 있고,

모래는

똑똑,

제 몸으로

성 하나를 짓고 있다.

Ⅲ. 삶의 가장자리

군내 버스

버스가 멈추고
문이 열리자
지팡이 하나가 먼저 올랐다.
노인의 손이,
노인의 팔을 끌어올린다.
흰 연기 같은 얘기들 —
"읍내 데려다 줄 자식 없소?"
　　　　　　　"혼자 살어."
"요양원 가요."
　　　　　　　"병원 밥 못 먹어."
"거긴 위생도 좋고, 영양도 딱 맞춰 나와요."
　　　　　　　"돈 없어."
"공짜예요. 이장이 신청해줘요."
잠시의 정적 사이로
말이 끼어든다 —
"자식 있으면 공짜 안돼요."
"치매나 중풍 있어야 해요."

"정신 멀쩡하면 안돼요."
버스가 정거장에 서고
"뭐가 잘못돼도 단단히 잘못됐어"
중얼거림 하나가
지팡이를 따라 내린다.
군내버스는
요양원 대화들을
하루 종일,
읍내에서 집까지
뱅뱅 실어나른다.

이장(移葬)

노란 어둠이 내린
수영장 문 앞.
검버섯 핀 손등 위로
삐, 삐, 삐 —
경보음이 떨어진다.
닫힌 자동열쇠 앞에서
멈추지 않는
수동의 손.
"오늘은 휴장일이에요."
"…에고, 늙으니 주책이네.
그것도 모르고."

서른여덟,
사별 후 네 아이의
아버지이자 어머니가 된
장모님.
혼자 버틴 그 아파트에서

반세기 전
떠난 남편의 묘를
옮기자며
하루에도 몇 번씩
전화를 건다.
묘를 안 옮긴다면
털신이, 반찬이, 금붙이가
없어졌다며
자녀들에게
다시 전화를 건다.
늙은 어머니는
무뚝뚝한 새끼들에
울고,
나이든 자녀들은
어머니를 빼앗는 기억에
운다.

참새 보다

우리 동네 낡은 창고,
참새들이 일 년 내내
호사스런 더부살이를 했다.
슬레이트 지붕 아래
덧댄 스티로폼 속에는
작은 둥지들이 숨어 있었다.
창고를 빌린 화장지 도매상은
모기약을 뿌려,
창고 안을 뿌옇게 뒤덮었다.
참호처럼 익숙한 둥지,
참새들은 굳이 멀리 날지 않았다.
가을,
우연히 들른 후배가
시골집 이야기를 건넸다.
시간이 날 때마다,
허공에 파도를 그리며
자유의 물놀이를 즐기던 참새들.

한 번은,

흙마당에 내려앉아

부채처럼 꽁지를 펼치고,

두 발을 모아 뛰며

쌀막걸리 찌꺼기를 쪼아댔다고.

술 취한 몇몇은

도토리 곁에 머리를 대고

거짓말처럼 잠이 들었다고.

참든 참새를,

깨우지 못했다고.

스스로 날아야 한다지만 —

허공도 때로는

쇳덩이처럼 무거운 법.

참새가

알려준 소식이다.

삶을 밀고

비가 내렸다.

여든 언저리 주인의 손수레 위엔

젖은 폐지가

자꾸만 흘러내렸다.

풀려버린 지난 희망,

그 사이로

스르르, 스르르.

녹슨 바퀴 아래

철 지난 사연들이

검은 왕관처럼

조용히 고개를 떨궜다.

비는 그칠 줄 몰랐다.

끝없이 닦아 올리는

낡은 소망은,

몇 장 남은 내일을 챙기며

삐걱이는 삶을 밀어 올렸다.

저 어둔 밤길을.

먼 길

아직 몸을 덜 푼 겨울 산길을
걷다 넘어지고, 넘어지고.
언 길이 무서워
산새로 돌아 돌아 내려와도,
굽은 길은
꼬리를 감추며 차갑게 막아선다.
넘어진 기억 무섭고,
돌아갈 산길도 없어
막막할 때 —
계절 잃은 잣나무잎,
추억을 태우며
여는 길을,
발끝 세우고
위태위태, 울먹울먹 걷는다.
그때,
빈 가지가 툭,
물방울을 던진다.

앞사람은, 이 길을
어찌 갔을까.

도덕 수업 풍경

신축 공사로

80명이 넘는 아이들이

좌우로 밀착해 앉던

중학교 1학년 교실.

시험이 끝날 때마다,

도덕 수업 시간은

혼쭐 나는 웃음과 두려움의 시간이었다.

그 한가운데,

매달 틈새 없이 꼴찌를 다투던

두 아이가 있었다.

출제된 문제지에

1234, 가나다라를

고르게 나눠 적던 57번.

아직 나오지 않은 번호까지

하나의 답만 줄곧 써 내려가던 80번.

없는 문제에도

끝까지 고집을 꺾지 않던 아이가

늘 근소하게 앞섰다.

우리는 웃으며

또 들여다보았다.

돌이켜보면 비도덕적인 도덕 시간.

그때는 몰랐다.

정답을 고르는 일보다

모른다고 웃는 일이

더 힘들다는 것을.

가볍게 넘긴 그 차이가

살면서 얼마나

묵직한 울림으로 돌아오는지.

철없는 놀림처럼 흘려보낸 순간이,

아주 오랜 뒤에야

손끝에 닿은 느낌을.

묶인 아침

뛰쳐나갈 때마다
아팠다.
암울한 미래가
등 뒤에 붙어다니던 새벽,
가난한 집 앞
전봇대엔
한 마리 묶인 개가 있었다.
비가 오고,
탈출을 꿈꾸던 날들을 지나
어느 날,
기둥에 등을 기대고
눈을 감은 채
쉬고 있던 녀석을 보았다.
아직
뛰쳐나가는 꿈을 꾸고 있을까.
당기던 목줄은
조금 느슨해져 있었다.

출근길

뒤척이고 난 여름 아침

휘청 휘청

술에 그을린

중년 남자

인력시장 길가에

앞으로 눕는다

손에 쥔

검은 봉지 사이로

먹다 남은 김밥

마른 오징어 다리

주름진 종이컵

소주병이

가족처럼 차례로 목을

내밀며 흩어지고 깨지고.

아침 햇살에

오랜 그늘이 진다.

오이 농사

새벽 자전거로
백리길을 달려
오이를 팔았다.
주먹밥 하나로
새끼들 얼굴을 떠올리며
웃음 짓던 사람.
무덤가 꽃잔디, 라일락, 함박꽃
색색 현란해도
추억은
산 사람 머리에만 피어난다.
무덤 사이를 내려와
오이를 파는 농군들 속에서
젊은 그를 본다.
눈물도 잃은 채
허기진 우리는
순대국밥집으로 간다.
그 사람,

이제 두어 평
집 한 채로 남았다.

528호 풍경

위험한 위염이라며

놓을 건네는 아들이 지키는 병실.

어질어질,

화장실에 다녀온

칠순 노모의 눈이 젖어 있다.

거울을 덮은 주름.

그 긴 세월.

청춘의 한 주름조차

자신을 위해 만들지 못한,

가엾고 쭈글한 얼굴을

보았다고,

칠순 노모의 눈이

또 젖는다.

유랑

어디쯤일까.

누워 살을 버려가는 주검일까.

지난 물 머금고 내리는 뿌리일까.

잘린 가지 위로 다시 돋는 잎일까.

바다를 가는 가물한

안개일까, 배일까.

초여름 나비를 띄우는

낮은 바람일까.

밀려 밀려

모랫등에 스르르지는

파도의 끝일까.

해 등지고 도는

그늘일까.

젊디 젊은 나이에

몸져 누운 이의 가족들이

어느 날

집안의 빨간색 물건을

찾아 없앴다.
색깔 때문에 병이 났다는
용한 무당의 말탓이었다.
허공을 날아
가슴에 박히는 말조차
찾기 힘든 나는 ―
어디쯤일까, 지금.

Ⅳ. 자연과 인간

꽃은 핀다

꽃이,

어떻게 피는지 이제야 알겠다.

꽃은, 부끄럽게 핀다.

노랗고, 빨갛고, 창백한 —

생식의 그릇을 드러낸 채.

지나간 생명을 걸고,

홀로만 핀 듯.

제 울음에 죽는 꿩처럼,

꽃은 핀다.

두고 보는 봄,

이목의 무게에 떨며

헝클어진 머리를 파묻는다.

어디선가,

기척이 스며들고

먼 기슭을,

홀로 건너

다시 돌아올 모든 것을

간직한 채,

질 때마다,

꽃은.

잎을 떨구고,
그림자까지 젖은
초겨울 산등.
모락모락,
쓰다듬던 손짓.
아 —
그늘에만 깃드는
아름다움.

먼저 난 길을 덮던
눈 내리고 추운 그때

홀로 된 부처들이
등을 맞대고 있다.

계곡 나무

거센 물줄기 위에 선

계곡의 나무.

바위를 뚫고 내린 뿌리 —

생(生)은,

때때로

잎을 모두 버려야

버틸 수 있다.

비 이틀,

도르래 단 물방울이

두려운 틈을 오간다.

내게 들리는

천둥은

이미 지나간 과거라는 걸 알면서도,

그칠 줄 모르는 강물 소리에

귀를 닫고,

몸으로 울며

홀로 서 있다.

그 나무.

꽃내를 건너다

숨 죽이고 흐르는
하회마을 꽃내(花川).
만송정 숲,
소나무들이 내미는 손을
저만치 두고,
몸을 구부린 옥빛 강물은
모래톱을 얼룩 핥으며 지난다.
여린 물이
산맥을 붙잡는
부용대행(芙蓉臺行).
나룻배 삯은,
삼천 원.
켜켜이 다른
생의 머리 위로,
높낮이 큰
참나무 사이 사이로 터지던
수백 년 여름 밤,

하늘과 강을 수놓던

절정의 선유(船游) 줄불빛은,

지금은 없어도.

허한 기운을 메우는

솔숲, 얼굴 맞대고 ―

그저 한겨울,

차갑고 맑은 물에

손 담그고 돌아와도 그만이다.

하나의 물줄기에

다른 물빛.

모든 생은,

좋아하는 것 때문에 죽는다.

만인을 살려 세워졌다는 마을,

탈도 불꽃도 하나 되어 흐르는 꽃내를

연잎 톱니를 긁듯,

흔들리는 일생(一生)들이 건넌다.

바다에 대하여

곁에 두고 싶다.

어떤 바다는

기다림이라고도 하지만,

실은 하나로 이어진 스며듦이다.

출렁이지 않는 것이 있을까.

깊고 어두운 저 끝,

스며드는 빛 하나,

기억 하나면 —

마음껏 출렁여도

나간 만큼 드는 이치도 족하다.

맨 처음을 닮은 빛은

언제나 좋아서,

따라 닮고 싶고.

넓고 깊고 부드러운 이겨냄은

기도처럼

어루만지고 싶다.

가면 열리는 길들이 숨어사는

그 곁에서,
흰 슬픔을 쓸어주며,
오랫동안 살고 싶다.

강물

물을 거슬러 오른다.
흐름은
지느러미를 찢고,
물살은
살갗을 벗긴다.
기진한 몸들이
돌 틈에
웅크리고 있다.
어디로 가야 하는지
몸은 안다.
손바닥 위로
거센 물살이 지나간다.
거슬러 간다.
언젠가
가장 깊은 곳에
이르게 될까.
흐름은 끊임없고

물은

나에게로 흐른다.

빛나는 골목

첫머리는

늘 굽고 좁아

아득했다.

노다지 금광 이야기를 닮은

빛나는 골목을

꿈꿨다.

봄이면

녹색 잎들이

손을 내미는 골목,

어떤 이름은

나무보다 오래

남는다.

길은 어디로든 통하고,

빛이 들면

더 빨리

이어졌다.

두려움을 이겨낸 우리는

흙을 쥐어
강을 만들고,
눈길 하나로
계절을 바꾼다.
길 위에서
숨은 별을
만났다.
우리는 아직,
이름 지어지지 않은
명화 속에
머물고 있다.

금강 어귀

오돌토돌
빛이 피어오르고 있었다.
"흘러가나요?"
물었더니,
"그냥 내려가는 길이에요."
강이 그렇게 대답했다.
"아픔도 같이 가나요?"
"그건 원래 내 것이었어요.
아픔 없는 맑은 물이 있을까요."
나이를 숨긴 강은
꼭 그렇게 답했다.
닳고 해진 고민 하나 던져주고
물빛 한 조각 훔쳐 돌아서는데,
등 뒤로
"안다, 다 안다."
속삭이듯
강물은 낮게 토닥이며
저만치 내려갔다.

떠가는 것들

징한 비 그치고,
황토 강물 위에
풀들이 떠 있다.
모두,
가리지 않고
흘러간다.
마음 두고,
가만히 보았다.
서로,
기댈 곳 없는 것들이
함께 흐르는 걸.

어디에

천년숲.

비 붙은 냇물은 발길 닿지 않은 길로

숨어든다.

숲으로 들어선다.

문득,사람이 물 같을 수 있을까.

한참을 맞아도

비는 그저 젖게 할 뿐.

훨씬 더 먼 시간을

헤매고 또 헤매는 길,

맑음을 찾다 그저 젖고 만다.

젖은 마음으로,

빙빙

돌아간다.

사랑을 하다 울던 날들도

빙빙거렸을까.

우표를 사놓고

부칠 곳을 잃은 날처럼,

깜빡 이름 먼 부고장이 찾아온다.
작아진 하루를 겨우 일으켜,
다시 천년숲 길을 더듬는다.
흐려지지 않은 마음이
있기는 할까.

백련사

눈꽃을 피워낸
가지 하나.
슬픔인지,
기쁨인지―
결사(結使)의 눈물 하나
살며시 내놓는다.
나무 그림자를
비껴 앉은
햇빛 곁에 두고,
밟으면
뽀드득 울 것 같은
희디흰 길
고요히
펼쳐져 있다.

아득한 냇물,
그 두려움 사이로 —
끝없이 이어지며
눈부시게 놓이는
징검다리.

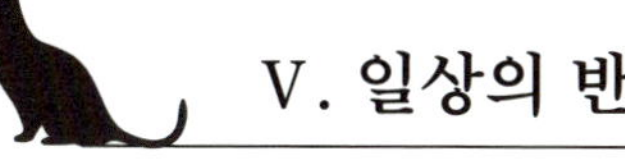

V. 일상의 반환점

AI시대 사랑법

쉬는 날

일찍 호미를 들고 나가

꽃밭의 잡초를 뽑느라

반나절을 보내고 돌아온 아내.

"땀 흘리고 왔는데,

AI만 하네.

맨날 나만 사랑한다더니."

삼십 년 전,

사진 속 그 사람도

AI 덕분에 돌아왔다.

세상은

초 단위로 변한다는데,

그 모습은

여전하다.

전화벨이 울린다.

"어버이날,

할머니도 챙기라"며

딸이
통 큰 걱정을
대신 전해준다.
눈앞의 화면은 묻는다 —
지금보다 더 따뜻한
사양을 원하십니까?
그렇다면,
결제를
진행해주세요.

그 밤,

마음을 감추지 못하고

창밖을 서성이던.

속도

제한속도를 넘나들며,
어디론가 쏜살같이 달리는 차들.
빛을 쏘아대며
서두르는 속도들 사이로 —
비상등을 켠 채,
아장아장 걸음을 옮기는
한 대의 활어차.
작은 생명의 물결들을
가만히 품고 있었다.
문득,
삶의 속도들이
궁금해졌다.

하루

언젠가도,

지금처럼 이만큼일지 모르지만.

때로는 아슬한 경계에 선 순간들,

우던 우던,

달라지던

서로에 대한 기다림의 속도 그 너머로 —

우리에게는,

평생을 가도 남을

동행의 하루와

빛나는 추억,

못 이뤄 더 애틋해진

사연들이

상징처럼 남아 있습니다.

텅 비어도 새가 날아오르는

둥지의 운명 속,

그리면 미소 나는 말짓들이

오래오래 머뭅니다.

그대와 내가,

수면의 위아래로

두고두고 아픈 갈래로 흐를지라도 —

언젠가, 그때에

홀로 기댈

아름다운 풍경들.

주렁주렁 맺히는 꿈을

숨처럼

조용히 꾸게 됩니다.

그대의 하루

행복한 꿈을

매일 꾸었으면 좋겠다.

자고 난 머리맡에

우편 소인이 없어도,

가득 담긴 마음 하나

편지처럼 놓여 있으면 좋겠다.

창문을 열면,

발길 닿지 않은

첫눈이 소복하게 쌓여 있거나,

이제 막 망울을 터뜨린

꽃 향기가 전해오기를.

그 아침,

듣고 싶던 음악이

우연히 흘러오고,

환히 웃는 얼굴 하나

떠올랐으면 좋겠다.

막막하던 것들의 속살이

훤히 드러나고,
먹먹했던 가슴에도
따뜻한 숨결이 돌기를.
아침을 지나고,
낮과 저녁을 건너
밤이 되어도,
온기 그대로 머물러
미소 지을 수 있기를.
그대의 매일이
그랬으면,
정말 정말 좋겠다.

쇠의 기억

뜨겁던 순간에는
손을 댈 수 없었다.
식고서야,
조심스레
손끝을 얹던 순간들.
얼어붙은 날들에는
살점을 인질 삼아,
겨우,
붙잡힌 손을 떼어냈다.
쩍쩍,
금 가는 소리를 내며
긴 겨울을 건넜다.
굳고,
또 굳어도,
불을 만나면
다시,
뜨거워졌다.

무엇인가 될 것 같던

녹아 흐르는 찰나 —

하지만 식고 나면,

매번,

쉽게 되돌아가지 못했다.

쇠는,

기억으로 빛나고,

무게로 아문다.

서로 닿을 때마다 —

다른 울림을 남긴 채.

자갈

지난 밤,
또 뒤척였다.
더 각지고,
더 컸을 상념의 파도 —
빠져나올 수도,
숨을 수도 없이,
흔들렸다.
다친 결들을 풀어주고
녹아 흩어진 뒤에야
비로소 얻게 될,
자유.

길 위에서

가며,

가며,

사는 게 무엇인지,

하는 날이 있겠죠.

삶은,

보아야

비로소 보이는 것,

슬픔도 그러하고

아픔도 그러하니,

하물며

사랑이야

오죽할까요.

우답(愚答)

회자정리(會者定離),

백사장 모래알 두 알이

등을 맞댈 확률입니다.

거자필반(去者必返),

그리움은

숨을 참는 일과 닮았습니다.

익숙해지거든,

부디

먼저 알려주세요.

당신에게

산으로, 강으로
이름 하나 또렷했던 그때
붉은 단풍 한 잎
물드는 속도를 만났습니다.
돌아서고도
그리움 하나 가슴에 머물던 그때,
유구한 강물은
마디 없는 흐름으로 흘렀습니다.
대낮인데도
머릿불을 켜 길을 비추던
억새들의 선의와,
모래톱 끝에 파고드는
민물게의 따뜻한 스며듦.
지워지지 않는 하나의 이름이던 그때,
숨어 있던 풍경들이
천천히 되살아났습니다.

엘리베이터, 떠나다

죄송합니다.
가슴을 닫고
입을 닫고
사막의 골짜기로 떠난 그대는,
가파른 길을 가리키며
치밀어 오르고, 곤두박질쳤다.
잠시 접은 숨,
고함보다 큰 묵언.
홀로 된다는 건
흠뻑 젖는 일.
바람의 고질,
분방, 훼방.
분명,
그대가 떠난 사막에도
모래바람이 불 테지요.
윤회하는 것들의 피안은,
어디 바깥에만 있겠습니까.

어쨌든 남긴 암호는

풀어야 하겠지요.

안으로 들어가는 길이 막히면

기대는 건 그럴싸합니다.

지금은 한밤,

나중은 아침.

희망의 시계는

습관을 닮았네요.

무늬만 안식인 골짜기로

떠난 그대는,

덜컹이는 환상통.

죄송합니다는

돌아와도,

죄송합니다.

틈새 너머로,

그대 심장은

쓸쓸히 두근댑니다.

떠난 것을 기다리는 게 반쯤,

그마저 지치면,

제 발로 나아가는 게 또 절반이지요.

VI. 상실과 그리움

늙음에 대하여

손 안에
달궈지던 돌,
어디 갔을까.
그 뜨겁던 돌.

저편의 숨결

숨소리처럼
소식들이 쌓이는 해변.
구른 돌마다
눌러놓은 것들이
슬며시
내밀어 오를 것 같아
나는,
자꾸만
두리번거린다.

송광사를 걷다

길을 따라 간다.
체징 석조, 지눌이 걸었던
오래된 길.
수많은 국사들이
나무가 되거나,
빛이 되거나,
천년의 세월 속
스승이 되어
먼저 앞서 간다.
손 놓고 떠나오기 전
고향집 마루에 앉아
까닥까닥 다리를 흔들던
동자승은,
지금 어디쯤 가고 있을까.
그리운 것들은
마음으로만 보인다고,
밖이 어두울수록

빛 든 창 안이 비친다고 —
버스는
백년 단위로
서고, 달리고,
또 멈춘다.
사찰 숲길을 빗대어
물 위로, 물 밑으로,
엇갈리며 가는 그대.
부처를 찾아
연등들이
냇물을 거슬러 오른다.

첫 사랑

눈을 감고
그려봅니다.
검은 공간,
꼼짝할 수 없는
어둠입니다.
그
때
에 ―
좁쌀만한 빛
하나,
툭
떨어지듯
혹은
살며시
스며들 듯.

맛조개

주소 없는 집마다
추억을 슬며시 던지며
묻습니다.
순간의 기억만으로도
평생의 그리움을
건널 수 있나요?
그 이는
하얗게 흩어진 파편 사이,
물 머금은 어깨를
가만히 들썩이며
숨을 고릅니다.
그 사이,
눈물 맺힌 모래알들만
엎드려
두런두런
속삭이고 있습니다.

변산 야행

술 든 아버지의 걸음과

속울음으로 다진 어머니 손금 같은 길.

가장자리의

가장자리는

여전히

가장자리.

이야기 끝에 남은 모든 슬픔의 이름은

언제나 하나.

우리는

너무 닮은 손을 맞잡고

가장자리 뫼를 넘어

밤바다에 닿는다.

바닷게 구멍마다

소식을 채우는 밀물을 따라

잊혀지지 않기를,

소리 없이

소리 없이.

이름을 새기는 동안
어디선가
낙하하는 불빛들.
발 아래 쌓인 어둠을
살며시
걷어주고 있었다.

어떤 이별

마음을 주고도
길을 떠나는 이는 안다.
바다로 뱃머리를 돌릴 때
마음은 좀처럼 돌아서지 못한다는 걸.
떠나는 배를 향해
갈채를 건네지 못한 사람,
그 가슴에도
파도가 인다.
글썽이는 항구 두고 기어이 가야 하는 건
배의 숙명 탓이다.
떠 있다는 것만으로는
깊이를 알 수 없다.
아무리 슬퍼도
빛을 잃지 않는 바다를.

얼음 폭포

본디,
흐를 물이다.
다만 ―
지금은 겨울일 뿐.

슬픔의 수위에서 길어 올린 서정의 힘

시 인 이 은 선

박영훈 시인의 시집 『흰 양식장의 고양이들』은 삶의 변두리에서 채집된 감각과 기억의 보고다. 그는 이 시집을 통해 제도권 문학이 종종 외면하거나 지나치는 '저곳'을 응시한다. 도시의 가장자리, 어촌과 항만, 미등록 주소지와 임시 거처, 그리고 거기에서 살아내는 인간 군상들. 그들은 이름이 없거나 너무 많아져서 무의미해진 자들이다. 그 무명성의 풍경 속에서, 시인은 인간 존엄의 잔재를 기어이 끌어올린다.

시인은 비루한 삶의 편린들을 외면하지 않고, 그것을 서정의 수위 위에 올려둔다. 이 시집의 많은 시편들은 "가장 자리의 가장자리는 여전히 가장자리다"와 같은 절망의 진 술을 통과하면서도, 끝내 어떤 '온기'에 도달한다. 시인의 서정성은 비단 감상의 대상이 아니라 '삶을 관통하는 내 면의 기술'로 작용한다. 그가 다루는 재료는 '슬픔', '가난', '병', '떠남'처럼 고단하고 무거운 것들이지만, 그의 문장은 결코 절망에 머물지 않는다. 오히려 절망의 내부를 관통해 반짝이는 감각을 얻어내는 데 능하다.

"쥐를 잡지 않아도 좋은 삶 ―

고양이들의 눈동자에

졸음이 가득 내려앉는다."

-「흰 양식장의 고양이들」 중에서

「흰 양식장의 고양이들」은 섬의 돔 양식장에서 살아가는 두 마리 고양이를 통해, 떠났다가 돌아온 M씨의 삶과 그를 둘러싼 일상의 질감을 부드럽게 풀어낸다. 낚시꾼들이 잡 아 올린 고기 속 숨은 바늘을 골라내는 고양이, 양식장의 낡은 막사로 사라지는 모습 속에 삶의 신산함과 여유가 겹 쳐진다. 이 시는 존재의 유연함과, 가난하지만 자족적인 삶의 한 풍경을 기록하는 동시에, 인간과 동물, 바다와 땅, 빛과 생계, 일상과 시의 경계를 슬며시 허문다.

　시의 배경은 "뭍에서 성공하겠다고 떠났던" M씨가 다시 돌아온 섬마을이다. 그는 이제 낚시터로 내준 양식장에서 고양이 두 마리를 기르며 살아간다. 표면적으로 보자면 실패의 귀향이다. 그러나 시는 이를 낙오나 체념으로 그리지 않는다.

　"빛이 뼈대 같은 양식장에서
　고양이 두 마리를
　무슨 까닭으로 기르고 있다."

　이 구절은 삶의 변화를 단정하지 않는다. 오히려 '무슨 까닭으로'라는 말로 삶의 불가해함과 잔존하는 이미지의 가치를 남겨둔다. 시인은 돌아온 이의 삶을 동정이나 교훈의 언어로 채색하지 않는다. 대신 그는 그 삶의 침묵과 반복, 일상의 순환성을 낚시터의 물결처럼 바라본다. 이러한 시선은 문학이 현실을 어떻게 윤리적으로 다룰 수 있는지를 보여주는 시적 태도이기도 하다.

이 시에는 다양한 등장인물이 묵묵히 흐른다. 고양이, M 씨, 낚시꾼들. 그러나 누구도 주도적인 역할을 하지 않는다. 오히려 모두가 자신의 자리에서 조용히 존재하고, 서로를 방해하지 않으며, 단지 곁에 머문다. 이 관계의 구조는 현대 사회의 고립된 인간관계와 대조를 이루며, 이 시가 제안하는 공동체의 이상을 보여준다. 특히 다음 구절은 시적 유머와 통찰이 만나는 지점이다.

"냉장고에 고기를 넣으러 간다"는
낚시꾼들의 실없는 농에
고양이들은 눈길조차 주지 않는다.

이 장면은 우스꽝스러움 속에 삶의 허위를 넘는 고양이의 태도, 그리고 진정한 품위란 무엇인가를 되묻는 장면이기도 하다. 시인은 여기서도 소리를 지르지 않는다. 그는 말의 바깥, 침묵의 안쪽에서 삶의 진실을 길어낸다. 시의 제목은 '흰 양식장의 고양이들'이다. 왜 '흰'일까? 흰색은 모든 색을 담은 색이자, 모든 것을 비워낸 색이다. 이 양가성은 시 전체의 정조와도 닮아 있다. M씨의 삶도, 고양이들의 태도도, 낚시꾼들의 말도 더하거나 빼지 않은 '있는 그대로'의 상태를 지향한다. 그리고 그 안에서 우리는 삶의 가장 낮고 투명한 층위를 마주하게 된다. 박영훈은 이 시를 통해 우리에게 묻는다. "쥐를 잡지 않아도 되는 삶, 그 삶이 당신에겐 안녕한가?"

쪼개진 댓돌을 밤새 날라도
벌어진 지붕 틈새로 불행은 피어올랐다.
우러나도록 두겠다던 고구마술을 마셔버린 남자는,
꽃피는 봄에도
"고향을 잃는 사람들은 있지."

– 「행복동 四季」 중에서

「행복동 사계」는 '春·夏·秋·冬'이라는 전통적 사계 구성을 유지하면서도, 그 안에 담긴 삶의 양태는 결코 순환적이지 않다. 봄의 시작은 "쪼개진 댓돌을 밤새 날라도 / 벌어진 지붕 틈새로 불행은 피어올랐다"는 이미지에서 보듯, 이미 고장난 세계의 풍경이다. 여름은 더 척박하다. "일수 써서 얻은 주소 — 행복동 1가 6번지."라는 한 줄은 공간과 생존이 맞바뀌는 현실을 극명하게 드러낸다.

가을에는 아이들이 등장한다. "이빨 틈새 음식물처럼 틈
새를 채우고, / 야금야금 가난을 갉아먹었다."는 구절은 어
린 존재들의 삶까지 가난과 체념 속에 잠식되어 가는 현실
을 감각적으로 묘사한다. 그리고 겨울 — 이 계절에 이르러
시인은 '경계에 사는 삶'이라는 본질을 꺼내 든다. 물리적
경계(바다와 육지), 사회적 경계(주변부와 중심), 심리적 경
계(소외와 연대)가 교차하는 지점에서, 삶은 무너지지 않고
지속된다. 이렇듯 '사계'는 단순한 계절이 아니라 '삶의 시
간 구조'이며, 시는 이 구조 속에서 한 장소에 고여 있는 시
간의 깊이를 풀어낸다.

시인의 시적 시점은 대상에 과도하게 개입하지 않지만,
그 곁을 떠나지도 않는다. 그는 이 시에서 "허리도 펼 수 없
는 어항 같은 다락방"이나 "찢긴 세월을 꿰맸지만, 허사가
잦았다"는 진술을 통해, 독자가 인물들의 고통에 과도하게
감정이입하지 않도록 거리를 둔다. 대신 그는 사물과 풍경,
소리와 시간 속에 고통을 묻어 둔다.

시는 고통을 말하는 동시에 고통을 말하지 않는다. 이때
시적 윤리는 드러난다. 시인은 타인의 고통을 대상으로 소
비하지 않고, 그것을 '공동의 경험'으로 환원시킨다. 특히
겨울 편에서 "슬픔도, 아픔도 / 정면으로 받으면 / 그늘이

없다"는 구절은 시 전체의 윤리적 태도를 집약한다. 정면으로 바라보되, 불필요한 감정의 중첩 없이 ― 그것이 박영훈 시의 미학이다.

「행복동 사계」는 사실상 삶의 불확실성과 경계의 조건에 대한 시적 성찰이다. 시인은 그 경계를 가르거나 도피하지 않는다. "경계에 살아도, / 경계를 나누지 않는 삶이 있었다"는 구절은 이 시의 철학적 핵심이다. 우리는 어쩌면 모두 행복동의 어딘가에 살고 있다. 고단한 시간을 버티며, 언젠가 이름을 가진 삶을 꿈꾸며, 계절의 이음매에 기대며. 이 시는 단지 특정한 삶을 재현하는 것이 아니라, 모든 존재가 '가장자리'를 지나며 살아가야 한다는 보편적 진리를 정직한 언어로 고백하고 있다.

시인의 「행복동 사계」는 한국 현대시가 여전히 '누락된 이야기'를 다루어야 하며, 시는 그것을 다정한 목소리로 감싸 안을 수 있어야 함을 보여준다. 이 시편은 삶의 가장자리를 은폐하지 않으며, 오히려 그곳을 시적 언어의 출발점으로 삼는다.

"비가 내렸다."

-「삶을 밀고」 첫 문장

　시의 첫 문장은 단도직입적이다. 모든 것이 시작되는 시공간은 젖은 상태다. 비는 단순한 날씨가 아니라, 삶의 사정과 맞물린 무거운 운명이다. 이때 폐지를 가득 실은 손수레는 단지 재활용품을 담는 운반 수단이 아니라, 한 생애의 흔적과 무게를 실은 '인생의 짐수레'다. 여기서 "젖은 폐지"는 과거의 희망, 나이 든 몸, 시대의 낡은 구조, 모두를 상징한다. 삶의 무게는 바퀴를 눌러 끊임없이 삐걱이며서도 결코 멈추지 않는다.

　「삶을 밀고」는 삶의 말단에서 다시 삶을 시작해야 하는 노년의 몸짓을, 가장 고요한 언어로, 그러나 가장 뼈아픈 감각으로 그려낸 시다. 시의 배경은 비 내리는 거리, 등장인물은 여든을 넘긴 폐지 줍는 노인이다. 그 무엇도 드러내지 않으면서, 이 시는 사회의 한 풍경을 독자의 눈앞에 비처럼 조용히 쏟아낸다. 시인의 언어는 함축되어 있으나, 그 한 줄 한 줄은 젖은 폐지처럼 묵직하다. 그리고 그 무게는 단지 물리적인 것이 아니라, 시대의 굴곡과 존재의 가치,

노동의 품위라는 층위에 다다른다.

"철 지난 사연들이
검은 왕관처럼
조용히 고개를 떨궜다."

이 비유는 시의 백미다. '철 지난 사연'은 과거의 실패, 젊은 날의 욕망, 꺾인 희망 같은 것들을 암시하며, 그것이 '검은 왕관'이라는 상징으로 전환된다. 왕관은 일반적으로 권위, 명예, 영광을 뜻한다. 그러나 이 시에서는 그것이 검고, 낡고, 조용히 내려앉는 것이다. 이 표현은 인간 존재의 마지막 존엄과 동시에 그 무너짐을 모순된 이미지로 병치함으로써, 비극과 아름다움이 공존하는 정서적 고원을 형성한다. 시의 종결부는 특별한 반전도, 해석의 여지도 두지 않는다. 그러나 그 조용한 종결은 한 생의 가장 큰 외침이 된다.

"삐걱이는 삶을 밀어 올렸다.
저 어둔 밤길을."

이 마지막 구절은 단지 묘사가 아니라, 하나의 '서사적

결의'다. 어두운 밤길 — 그것은 현실의 벽이자 사회의 무관심이며, 동시에 인간 내면의 고독이다. 그 길 위에서 노인은 굴러떨어지지 않기 위해 스스로를 다시 밀어 올린다. 이는 시적 화자가 아니라, 우리 사회가 기억하고 존중해야 할 어떤 이의 일상이다. 시인은 이 조용한 움직임을 통해, 언어가 할 수 있는 마지막 예를 갖춘다.

「삶을 밀고」는 박영훈 시의 대표적 미학을 압축한 시편이다. 절제된 언어, 단단한 이미지, 대상에 대한 공감과 윤리, 그리고 존재에 대한 다정한 헌사. 이 시는 사회의 가장 낮은 곳에서 피어나는 존엄을 외면하지 않고 기록한다. 그리고 그 기록은 격정도 분노도 아닌, 조용한 존경의 형태로 독자 앞에 놓인다. 이 한 편의 시를 통해 우리는 다시금 깨닫게 된다. 시란, 세상의 모든 소리보다 작은 말로 세상의 가장 큰 울림을 남기는 일임을.

『흰 양식장의 고양이들』은 슬픔의 수위에서 길어 올린 서정의 그릇이다. 거기에 담긴 것들은 기억, 풍경, 이름 없는 존재들, 그리고 무엇보다 시인의 태도다. 그 태도는 다정하면서도 낡지 않았고, 삶을 외면하지 않으면서도 비관하지 않는다. 오히려 그가 말하는 존재들의 그림자는 우리를 향한 조용한 사랑의 몸짓에 가깝다.

이 시집은 우리 시대 서정시가 어디에서 어떤 목소리로 존재해야 하는지를 보여주는 한 가지 귀한 예다. 한국 시의 토대가 아직도 이처럼 조용히, 단단히 다져지고 있다는 사실이 반갑고 든든하다.

따뜻한 위로, 경계 없는 삶

박수옥

시집 [흰 양식장의 고양이들]에 담긴 시들은 늘 곁에서 머무는 것들에 대한 언어다. 낡은 것, 묵은 것, 잊히는 것들을 불러 세워 한 줄의 숨결로 새긴다. 가난, 섬, 늙음, 생존. 이 네 단어는 시집 전체를 관통하는 주요한 정서적 실마리다. 「삶을 밀고」에서는 폐지를 싣고 비 오는 새벽을 지나가는 노인의 모습이 그려진다.

"삶을 밀어 올렸다 / 저 어두운 밤길을." 젖은 폐지, 녹슨 바퀴, 검은 왕관 같은 사연들이 시인의 눈을 통해 어둠 속에서 반짝인다. 죽음과 가까운 그 아침에도, 시인은 이

「삶을 밀고」에서는 폐지를 주워 살아가는 노인의 버겁지만 놓지 않는 '소망'을 본다. 시는 삶의 끝자락을 애도하지 않고, 오히려 그것을 '눈부시게' 새긴다.

표제작 「흰 양식장의 고양이들」에서는 고양이들이 "쥐를 잡지 않아도 좋은 삶"을 살아간다. 사납지 않은 생존은 '졸음이 가득 내려앉는' 고양이의 눈동자로 표현된다. 생존보다 중요한 정적의 미학이 담겨 있다. 인간이 문명으로 덧칠한 공간 속에서도, 고요히 존재를 지키는 이들 — 역시 버겁지만 견뎌내는 삶을 향한 찬사다.

"슬픔은 토씨 같았다."는 문장으로 시작하는 「행복동 사계」는 이 시집 전체의 리듬을 선율처럼 이끈다. 사계절이라는 구조 속에서 반복되는 가난, 바람, 술내음, 단절된 가정사. 그러나 시인은 어느 계절에서도 비극을 비관하지 않는다. "경계에 살아도, 경계를 나누지 않는 삶이 있었다." 삶이 균열나고 무너질지라도, 사소한 연대의 가능성은 여전히 남겨져 있다. 특히 「冬」의 마지막 구절은 시집 전체가 지향하는 '경계 너머의 연대'라는 주제를 응축해 전달한다. 시인은 과거를 슬퍼하기보다는, 그 슬픔의 무게를 견디는 아이들의 삶에 천착한다.

「민어 골짜기 설화」는 시인의 지역적 정체성을 드러내는 대표작이다. "돌담집 모퉁이에 살던 아편쟁이 아짐"의 삶은 허구의 민담 같지만, 실상은 잊힌 여성의 존재다. "불 위를 지나 / 물 아래로 사라졌다"는 시구는 불과 물, 곧 죄와 정화의 상징을 오가며 그녀의 삶을 속죄와 회한의 방식으로 담아낸다. 민어의 배를 갈랐을 때 "텅 비어 있던" 알 주머니는 생명의 가능성이 소멸된 채 반복되는 생(生)의 불모를 은유한다. 시인은 지역의 말투, 풍속, 전설까지 한 문장 안에 뭉근히 녹여낸다.

시인의 바다에는 경계가 없다. 「시하도」나 「바다에 대하여」, 「복어독 풍경」에서 드러나는 바다의 이미지는 '슬픔을 떠넘기는 자연'이 아니라, 오히려 슬픔을 품고 오래 견디는 그릇이다. "바다에다, 갯돌 귀에다, 같은 말을 하고 또 했다."는 복어독 이야기의 반복은 망각되지 않은 공동체의 언어다. 시인은 바다를 단순히 배경으로 두지 않고, 상처를 씻고 또 씻는 세상의 대화자처럼 그린다.

「꽃은 핀다」는 시집의 미학적 정점을 보여준다. "꽃은, 부끄럽게 핀다."라는 시구는 생의 찰나성과 아름다움의 본질을 동시에 겨냥한다. 시인은 생명의 노출이 '곧 부끄러움’이라는 역설을 이해한다. 그 부끄러움 속에서 피어난다는 것, “지나간 생명을 걸고” 홀로 선다는 것. 그것이야말로 존재의 절정이다. ‘질 때마다 다시 돌아올 모든 것’을 간직한 채 피고 지는 꽃의 모습은, 반복과 덧없음의 상징이자 영속의 환영이다.

시집은 노년과 청춘 사이를 오가는 기억의 장치이기도 하다. 「저 아래 집」, 「군내 버스」, 「선물」 같은 시들은 유년 시절과 부모 세대에 대한 회고와 반성이 겹친다. 현실이 던져주는 메시지를 따뜻하게 품은 뒤 언어로 내어 놓는다. 시인은 회한을 넘어서려 하지 않는다. 그저 고요히 ‘돌아가는 마음’을 받아 안는다.

매일 뒤척이고 깎여나가며 마침내 자유를 얻게 될 자갈의 상징은 깊다. “쇠는, 기억으로 빛나고 / 무게로 아문다.” 「쇠의 기억」은 가장 뛰어난 형이상학적 시편 중 하나다. 여기서 ‘쇠’는 기억, 시간, 관계, 그리고 감정 그 자체다. “불을 만나면 다시 뜨거워지지만 / 식고 나면 매번 쉽게 되돌아가지 못하는” 쇠의 속성은 인간의 사랑과 후회를 은유하는 그릇이 된다. 물질이 삶을 기억하고, 감정이 체온을 닮는 순간 — 박영훈의 시는 사물과 인간의 간극을 지워낸다.

　시집 『흰 양식장의 고양이들』은 다수의 삶과 기억을 품은 '섬' 같은 작품집이다. 시인은 독자에게도 그렇게 말하고 있는 듯하다. 하루가 저물고 떠나는 이들이 있고, 또 다른 하루를 안고 들어오는 이들이 있는 이 세계에서, 우리 또한 단 한 번이라도 '졸음이 내려앉는 눈동자'를 가질 수 있기를.

흰 양식장의 고양이들
박영훈, 두번째 긁적이다

인쇄 2025년 06월 10일
발행 2025년 06월 24일

발행인 이은선
발행처 반달뜨는 꽃섬 [서울시 송파구 삼전로 10길50, 203호]
연락처 010 2038 1112   E-MAIL itokntok@naver.com

ⓒ 박영훈, 저작권 저자 소유

ISBN 979-11-91604-54-2   (03810)